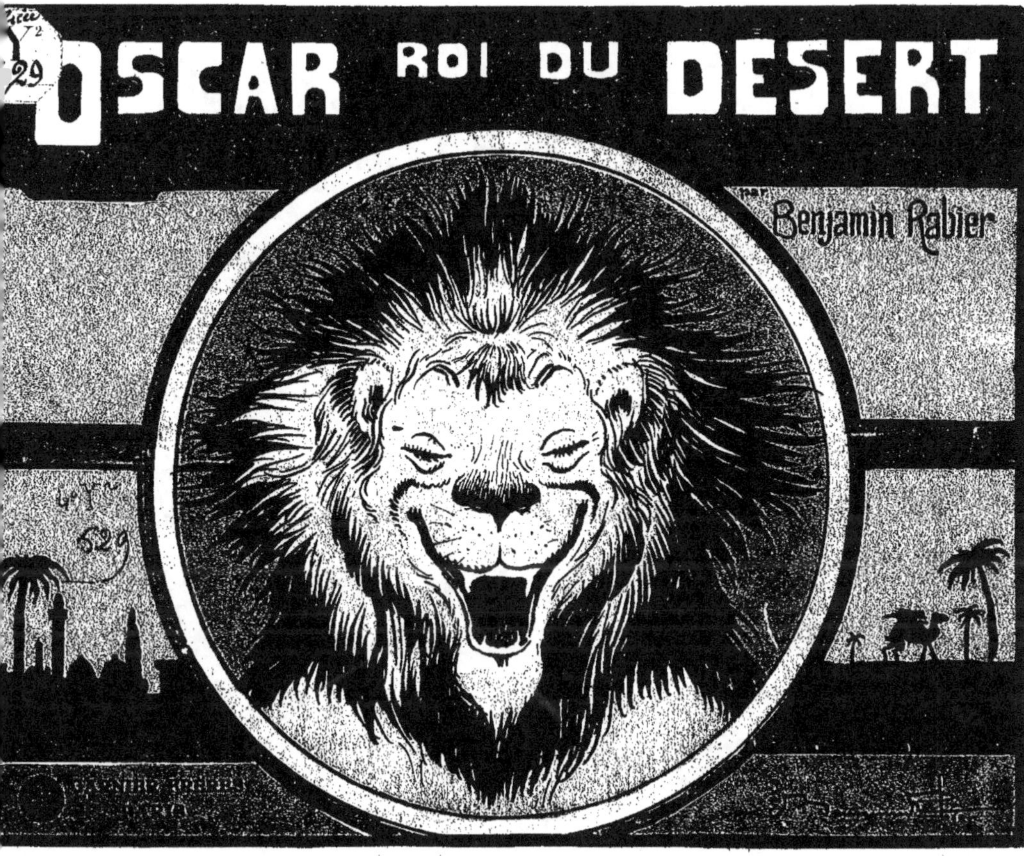
OSCAR ROI DU DESERT
par Benjamin Rabier

Aux confins de l'Atlantide existe un petit royaume gouverné par le roi Oscar XIX, lion fier, superbe, distant et hautain.

Oscar est redouté de tous; mais ce sont surtout les méchants qui ont à redouter son autorité.

Il administre son royaume avec intelligence et c'est avec la plus grande impartialité qu'il rend la justice.

En un mot, c'est un bon roi.

Mais s'il est un bon roi, il est aussi un bon père de famille. Il aime en bon époux la reine Gertrude et

en bon papa le jeune dauphin Maurice.

Oscar se plaît dans son foyer. Il s'y repose des soucis de la couronne en se laissant aller à des scènes familiales attendrissantes, comme vous en pouvez juger.

S'il s'emploie à amuser Maurice, à le distraire, il s'occupe aussi de son éducation. Vous le voyez donnant à son fils une leçon de botanique en plantant dans un pot à fleurs un palmier improvisé. C'est ce qu'il appelle instruire en amusant.

Le dauphin profite des leçons paternelles et son intelligence s'ouvre petit à petit aux manifestations de la vie.

Oscar sait varier les plaisirs. Aujourd'hui, avec son fils Maurice, il joue au passe-boules. Et, c'est lui, Oscar, qui sert de cible. La gueule ouverte, il y reçoit les oranges que le dauphin lui lance, sans rater un seul coup.

Une banane est la récompense du petit joueur habile. Quand le passe-boules a fini d'amuser la famille, on va à une autre sorte de divertissement.

Après une partie de saute-mouton, on joue à cache-cache. Chez le roi on pratique même les sports en famille. Le bowling se joue avec des oranges, on organise des courses à pattes, des parties de foot-ball avec, comme ballon, une grosse pastèque.

Bref, on ne s'embête pas au palais d'Oscar XIX.

la couronne royale, comme un chien traverse un cerceau.

Il excelle aussi dans le saut périlleux et dans le saut de carpe. Bref, c'est la joie de la famille.

L'hygiène moderne tient aussi une grande place au palais. La natation dans le lac Tchad et les douches à la fontaine de Bonloutra occupent les matinées du trio royal.

La douche prise, il faut voir avec quel soin la reine Gertrude rectifie et peigne la chevelure du roi !

Oscar apprécie le bonheur au sein de sa famille.

En bon roi qu'il est, Oscar sait aussi distraire ses sujets. Il convie souvent son peuple à des fêtes.

Le singe Amédée, un acrobate de première classe, remporte les plus grands succès dans les réjouissances royales.

C'est un triomphe chaque fois qu'il s'exhibe dans son numéro de danse de corde (la corde étant simulée par le cou d'une girafe). Muni d'un balancier, il danse dans l'espace le charleston et le black bottom. Il exécute aussi de prestigieux sauts périlleux. Aussi les bravos de l'assistance sont-ils nourris et répétés. Amédée n'est pas le seul artiste chargé de distraire les habitants du désert, non! L'éléphant Alfred danse le boléro comme un enfant de Séville et le pélican Ernest fait de la voltige aérienne, tout comme un avion. Il excelle dans le looping et dans la descente en vrille. Mais il n'est pas de fête qui n'ait une fin...

Il faut songer à gouverner.

Pour le moment, Oscar rend la justice sur le seuil de son palais.

Deux pélicans viennent plaider. L'un des deux, en fouillant le lac, avait attrapé par la queue un gros poisson, tandis que l'autre le happait par la tête. Bien entendu, chacun des deux pélicans revendiquait « SON » poisson. Ne pouvant s'entendre, ils résolurent d'aller porter le cas au grand juge Oscar. Celui-ci se fit apporter l'objet du délit : on le déposa sur une pierre.

Alors le roi écouta les doléances des plaignants. Quand ce fut l'heure de décider, Oscar dit aux pélicans : « Le jugement sera rendu à quinzaine. Laissez là votre poisson et revenez dans deux semaines.

Le poisson resta sur la pierre et Oscar se retira dans ses appartements, tandis que les deux pélicans, sans broncher, regagnaient les bords du lac.

La chaleur était grande : le poisson était depuis deux jours à peine sur la pierre qu'une nuée de mouches s'abattit dessus et hâta sa décomposition.

Quand les pélicans revinrent pour connaître le jugement, il ne restait de leur butin qu'une grande arête : tout le reste avait été la proie des insectes.

« Le juge s'est moqué de nous », dirent en se retirant les pélicans.

Il faut ajouter, en effet, qu'Oscar, embarrassé pour juger le délit, n'avait pas trouvé d'autre moyen pour mettre d'accord les plaideurs. Aussi, depuis ce jour, les pélicans s'isolent-ils pour aller pêcher. De cette façon, ils évitent tout froissement et n'ont jamais recours à la justice du lion.

Cependant, l'un des pélicans nommé Lucien avait gardé rancune à Oscar de s'être moqué de lui. Il attendit donc le moment de lui jouer un bon tour. Un beau matin, derrière le palais royal, il vit le dauphin qui, innocemment, jouait avec la couronne paternelle, en la faisant sauter dans ses mains. Le pélican prit son vol, fonça sur la couronne royale et fut assez heureux pour réussir à l'enlever, avec adresse. Ce fut si rapide que Maurice n'y vit que du feu. Il poussa des cris d'effroi, en apercevant la couronne qui disparaissait. Ses appels furent entendus du roi et de la reine qui arrivèrent juste à temps pour assister à l'exode du joyau royal.

Le Pélican osa se servir de la couronne dérobée, comme on se sert d'un ustensile voué aux plus infimes besognes. Il en fit un pot de fleurs puis, en la retournant, il la transforma en un nid pour son petit dernier: Quel sacrilège !

Cette aventure n'avait pas mit la cour en gaîté. La disparition de l'attribut royal plongeait la famille d'Oscar XIX dans d'amères réflexions et dans de douloureuses inquiétudes, quant à leur sort; car l'aventure avait eu son retentissement : dans tout le désert on savait que le roi Oscar avait perdu sa couronne.

Et quand un roi perd sa couronne, il ne vaut pas plus que le dernier de ses sujets : chacun sait cela.

Quant à Maurice, lui, il se disait : « Zut ! si les parents abandonnent le palais et la royauté, que vais-je devenir, moi, le dauphin ? »

Il alla raconter ses peines à Amédée et lui demanda conseil. Celui-ci, toujours à l'affût d'une bonne farce à faire, lui tint ce langage : « A ta place, Maurice, je chercherais un poste de nègre : le nègre est très demandé aujourd'hui dans les cinq parties du monde.

— Mais je n'ai rien du nègre, moi, un lionceau !

— Si seulement tu étais noir, on te prendrait pour un lionceau nègre... tiens, viens avec moi ; je vais te noircir, comme un nègre du Soudan. »

Le confiant dauphin suivit Amédée qui l'emmena près d'un campement d'explorateur où, la veille, il avait aperçu un pot de peinture noire.

— « Vite à l'ouvrage ! »

Et dix minutes après, Maurice était transformé en lionceau soudanais...

Tout joyeux, il se dirigea vers le palais royal. Du plus loin qu'il aperçut les auteurs de ses jours, il leur cria : « Papa, Maman, je suis nègre ! »

— Qu'est-ce qui nous arrive là ? dit Oscar.

— Qu'est-ce que c'est que cette masse de cirage qui marche ? ajouta madame Oscar.

— Papa, Maman ; je suis nègre, criait le dauphin...

— Mais c'est la voix de Maurice ! Il fallut se rendre à l'évidence, c'était bien hélas le dauphin, que le roi et la reine avaient devant eux.

— C'est Amédée qui m'a transformé en nègre. Il m'a dit que le nègre était très demandé aujourd'hui. Je vais me faire engager dans une revue nègre. Nous allons gagner beaucoup d'argent.

« Cela ne doit pas nous empêcher de penser à notre déjeuner, dit le roi, voilà un bouquetin qui, sur un grand plat, fera à notre prochain repas un joli effet.

— Mais ne perds pas de temps, répondit la reine, tu le mangeras seul, moi je n'ai pas faim. »

Voilà donc Oscar XIX à la poursuite du bouquetin. Celui-ci crut échapper à son ennemi en se jetant dans un grand trou, entre deux rochers ; mais le lion le poursuivit jusqu'au fond de la cachette et le dévora.

Le bouquetin passa tout entier dans l'estomac du lion.

    Ce fut un succès de fou rire... Jamais royauté ne fut malmenée, bafouée de la sorte. Oscar était dans une situation épouvantable : il ne pouvait ni dormir ni manger... ses forces disparaissaient à vue d'œil et le dégoût de la vie le prit vite.

    Aussi se laissa-t-il emmener par le premier explorateur qu'il rencontra.

    Emballé dans une grande caisse, Oscar fut expédié à Hambourg, où se tient le plus grand marché du monde pour les bêtes sauvages.

    On le vendit un gros prix à quelque dompteur à la recherche d'animaux rares ! Songez donc ; un lion avec des défenses, cela ne se voit pas tous les jours !!

Oscar fut exhibé dans les cirques sous le nom de « Oscar, le lion aux défenses d'éléphant ».
Il eut d'abord un grand succès; mais la maladie le prit... il dépérit vite... Ses cornes l'obligeaient à ne se
nourrir que de bouillon...
Un jour pourtant il perdit ses cornes et,
en même temps, sa belle chevelure tomba
aussi. Il se faisait vieux. Il vécut des heures
pénibles et eut à souffrir de la tyrannie

de ses compagnons, un chien malfaisant et un chat cruel. En perdant sa couronne, Oscar avait tout perdu ! Famille, prestige, force, respect, tout s'était envolé...

La vieillesse et le chagrin l'avaient tout à fait vaincu. Il s'éteignit par un beau soir dans un coin de la ménagerie et, le lendemain, on l'enterra dans une prairie.

Seul un petit rat de cirque le regretta... et c'est souvent qu'on le vit sur la tombe de l'ex-roi du désert apportant quelques fleurs des champs...

Sic transit gloria mundi...!!

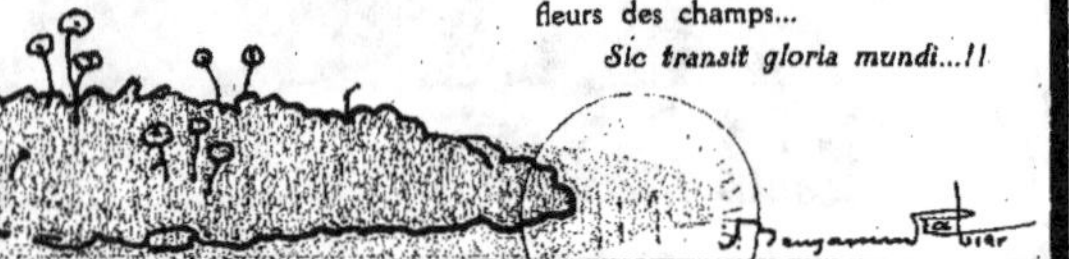

Paris. — Imp. Paul Dupont (Cl.). — 78.5.28.